乐读 编

孩子，
我们一起读诗

浙江人民出版社

目录 | CONTENTS

哲思

童真

我和小鸟和铃铛,我们不一样,我们都很棒

风

叶圣陶

谁也没有看见过风，
不用说你和我了。
但是树叶颤动的时候，
我们知道风在那儿了。

谁也没有看见过风，
不用说你和我了。

但是林木点头的时候，
我们知道风正走过了。

谁也没有看见过风，
不用说你和我了。

但是河水起皱纹的时候，
我们知道风来游戏了。

叶圣陶是新中国第一个写童话的作家，代表童话集有《稻草人》。诗人臧克家曾经说："'温、良、恭、俭、让'这五个大字是做人的一种美德，我觉得叶老先生身上兼而有之。"于是透过这阵风我们能感到文字的暖意，了解作家的为人。

我和小鸟和铃铛

[日本] 金子美玲 / 吴菲　译

我伸展双臂，
也不能在天空飞翔，
会飞的小鸟却不能像我，
在地上快快地奔跑。

我摇晃身体，
也摇不出好听的声响，
会响的铃铛却不能像我
会唱好多好多的歌。

铃铛、小鸟、还有我，
我们不一样，我们都很棒。

　　金子美玲曾被世人忘却整整五十多年，直到有人
偶然读到她的作品后，开始寻找她，我们才得以重见
她这些动人的文字。诗歌中的金子美玲就像个长不大
的小女孩，有点忧伤但也有笑脸。

孩子们（节选）

[美国] 朗费罗／桑榆里　译

噢，汝孩儿们！快来这里。

来耳畔低喃悄语，

你气息煦煦温馨，那儿呀

有鸟儿鸣鸣，风儿宛吟。

我们哟老谋深算心思狡狡，

满腹儿世智辩聪，载书入籍，

你说比你也何如？

比你那淳淳爱意，

比你那盈盈眼底。

那歌吟小调万万里许，

　　汝比之也，更楚楚丰盈，

它们似也冢中枯骨，沉沉死寂，

　　而你这诗篇，却满饮生生之息。

　　　　朗费罗以细腻的笔触描写人民的生活、自然的风光、生活的情趣和孩子的天真，有时还讲述一些有趣的民间故事和传说。他希望他的诗能够给人们带来安适或喜悦。

对星星的诺言

[智利] 米斯特拉尔 / 王永年　译

星星睁着小眼睛，
挂在黑丝绒上亮晶晶：
你们从上往下望，
　　看我可纯真？

星星睁着小眼睛，
嵌在宁谧的天空闪闪亮，
你们在高处，
　　看我可善良？

星星睁着小眼睛，
睫毛眨个不停，
你们为什么有这么多颜色，
　　有蓝、有红、还有紫？

好奇的小眼睛，
彻夜睁着不睡眠，
玫瑰色的黎明
　　为什么要抹掉你们？

星星的小眼睛，
洒下泪滴或露珠。
你们在上面抖个不停，
　　是不是因为寒冷？

星星的小眼睛，
我向你们保证：
你们瞅着我，
　　我永远、永远纯真。

　　米斯特拉尔,拉丁美洲首位诺贝尔文学
奖得主。她曾说:"不要到集市中去寻找美,
也不要将美带到集市中去。"大自然是她的
藏宝图,花草树木是她的宝藏,共同赋予她
闪闪发光的美。

感觉

[法国] 兰波／王以培　译

夏日蓝色的傍晚，我将踏上小径，
拨开尖尖麦芒，穿越青青草地：
梦想家，我从脚底感受到梦的清新。
我的光头上，凉风习习。

什么也不说，什么也不想：
无尽的爱却涌入我的灵魂，
我将远去，到很远的地方，就像波西米亚人，
与自然相伴——快乐得如同身边有位女郎。

　　"在任何情况下都别指望我性情中流浪的气质会
减损分毫。"他这样望着我们，在他十四岁写出六十行
诗句时我们就已经认定，他是住在风里的通灵者，他发
明新的花朵，新的星星，新的语言与肉体。在风中他用
手托着下巴，悬在头顶的梦像一颗硕大的果实。没有人
能靠近他，但我们总能感到他的气息，这便是兰波。

对于年轻的叶芝,诗歌就像一场梦,梦保护着现实中的他。而在他幼年时走近他生命的神话、传说引领着他踏上寻梦的旅程。一路上彩虹色的光线、温柔的风、欢快的歌谣都陪伴着他。

被偷走的孩子

[美国] 叶芝／佚名　译

走吧，人间之孩子！
与精灵手拉着手，
走向荒野和河流，
这个世界哭声太多，你不懂。

忆（其一）

俞平伯

有了两个橘子，

一个是我的，

一个是我姊姊的。

把有麻子的给了我，

把光脸的她自己有了。

"弟弟，你的好，

绣花的呢。"

真不错!

好橘子，

我吃了你吧。

真正是个好橘子啊!

在《忆》这部诗集的自序中俞平伯说到："童心原非成人
所能体玩的，且非成人所能回溯的。《忆》中所有的只是薄薄
的影罢哩。啊!即使是薄影罢——只要它们在依黯的情怀
里，不知怎地历历而可画，我由不得摇动这没奈何的眷念。"

麻雀窝

[英国] 华兹华斯/杨德豫　译

快瞧，这绿叶浓荫里面，
藏着一窝青青的鸟蛋！
这偶然瞥见的景象，看起来
像迷人的幻境，闪烁光彩。
我惊恐不安——仿佛在窥视
　别人隐秘的眠床；
这个窝靠近我们的住室，
不分晴雨，也不问干湿，
我和艾米兰妹妹总是
　一道去把它探望。

她望着鸟窝，好像有点怕：
又想挨近它，又怕惊动它；
她还是口齿不清的小姑娘，
便有了这样一副好心肠！
我后来的福分，早在童年
　便已经与我同在：
她给我一双耳朵，一双眼，
锐敏的忧惧，琐细的挂牵，
一颗心——甜蜜泪水的泉源，
思想，欢乐，还有爱。

　　华兹华斯被雪莱赞誉为"歌咏自然的诗人"，他大胆创新，用清新、质朴、自然的语言来驾驭自己独特新颖的哲学思维，浪漫地诠释了自然与上帝、自然与人生、自然与童年的关系。于字里行间，流露出真挚的情感。

给妈妈

［捷克］杨·聂鲁达／孙用　译

我将我的一切思想，
　　静静地放在我的心头，
连妈妈我也不告诉，
　　不管是快乐，还是忧愁。

那怎么的，我的妈妈，
　　你却什么都看得见——
当我的心快乐的时候，
　　就微笑着你的两眼？

那怎么的，我的妈妈，
　　你却什么都看得清——
你就在屋角坐下了，
　　当我的心哭着的时辰？

在你未出生前，你与妈妈由一条脐带相连。在你出生以后，消失的脐带化成无数根透明的线穿梭在你与妈妈之间。妈妈也许并不是世界上最了解你的人，但却是和你最息息相关的人。

18

鲁迅曾极力褒奖冯至为"中国最优秀的抒情诗人"。而朱自清则以"诗里耐人沉思的理，和情景交融成的一片理"，对冯至的创作做出总结。

20

几只初生的小狗

冯至

接连落了半月的雨，
你们自从降生以来，
就只知道潮湿阴郁。
一天雨云忽然散开，

太阳光照满了墙壁，
我看见你们的母亲
把你们衔到阳光里，
让你们用你们全身

第一次领受光和暖，
日落了，又衔你们回去。
你们不会有记忆，

但是这一次的经验
会融入将来的吠声，
你们在黑夜吠出光明。

纸船（寄母亲）

冰心

我从来不肯妄弃了一张纸，
　　总是留着——留着，
叠成一只一只很小的船儿，
　　从舟上抛下在海里。

有的被天风吹卷到舟中的窗里，
　　有的被海浪打湿，沾在船头上。
我仍是不灰心的每天的叠着，
　　总希望有一只能流到我要它到的地方去。

母亲，倘若你梦中看见一只很小的白船儿，
　　不要惊讶它无端入梦。
这是你至爱的女儿含着泪叠的，万水千山
　　求它载着她的爱和悲哀归去。

　　那折船用的"纸"来自冰心钟爱的泰戈尔的诗篇，她在印度诗人那里汲取爱与美的力量。漂洋过海的船，没有明艳的色彩，震耳欲聋的号角，它默默地前往母亲和孩子们的梦乡。

　　泰戈尔因《吉檀迦利》成为首位获得诺贝尔文学奖的亚洲人。他致力于创造自由的诗体。此诗体现了诗人善于学习和运用民间口语的特点，于抒情中带着浓郁的浪漫色彩。

仿佛

[印度] 泰戈尔／冰心 译

我不记得我的母亲，
只是在游戏中间
有时仿佛有一段歌调
　在我玩具上回旋，
是她在晃动我的摇篮时
　所哼的那些歌调。

我不记得我的母亲，
但是在初秋的早晨
合欢花香在空气中浮动，
庙殿里晨祷的馨香
　仿佛向我吹来母亲一样的气息。

我不记得我的母亲，
只是当我从卧室的窗里
　外望悠远的蓝天，
我仿佛觉得我母亲
　凝住在我脸上的眼光
布满了整个天空。

湖上

胡适

水上一个萤火，
水里一个萤火，
平排着，
轻轻地，
打我们的船边飞过。
他们俩儿越飞越近，
渐渐地并作了一个。

胡适是中国新诗的开路人，提倡使用白话文写作。晚年时候他曾总结："新文学是从新诗开始的。最初，新文学的问题是新诗的问题，也是诗文字的问题。"他还在与青年诗人的交谈中提出作诗的主张：第一要清楚明白；第二要有力量；第三要美。

天上的街市

郭沫若

远远的街灯明了，
好像闪着无数的明星。
天上的明星现了，
好像点着无数的街灯。

我想那缥缈的空中，
定然有美丽的街市。
街市上陈列的一些物品，
定然是世上没有的珍奇。

你看，那浅浅的天河，
定然是不甚宽广。
那隔河的牛郎织女，
定能够骑着牛儿来往。

我想他们此刻，
定然在天街闲游。
不信，请看那朵流星，
是他们提着灯笼在走。

在日本留学时期，郭沫若创作了这首抒情诗，并收录于诗集《星空》中。在这首安静的诗中，他表达了自己试图在黑暗的生活中寻找一丝光亮的愿望。透过文字，我们仿佛看到了他仰望星空时那努力扬起的嘴角。

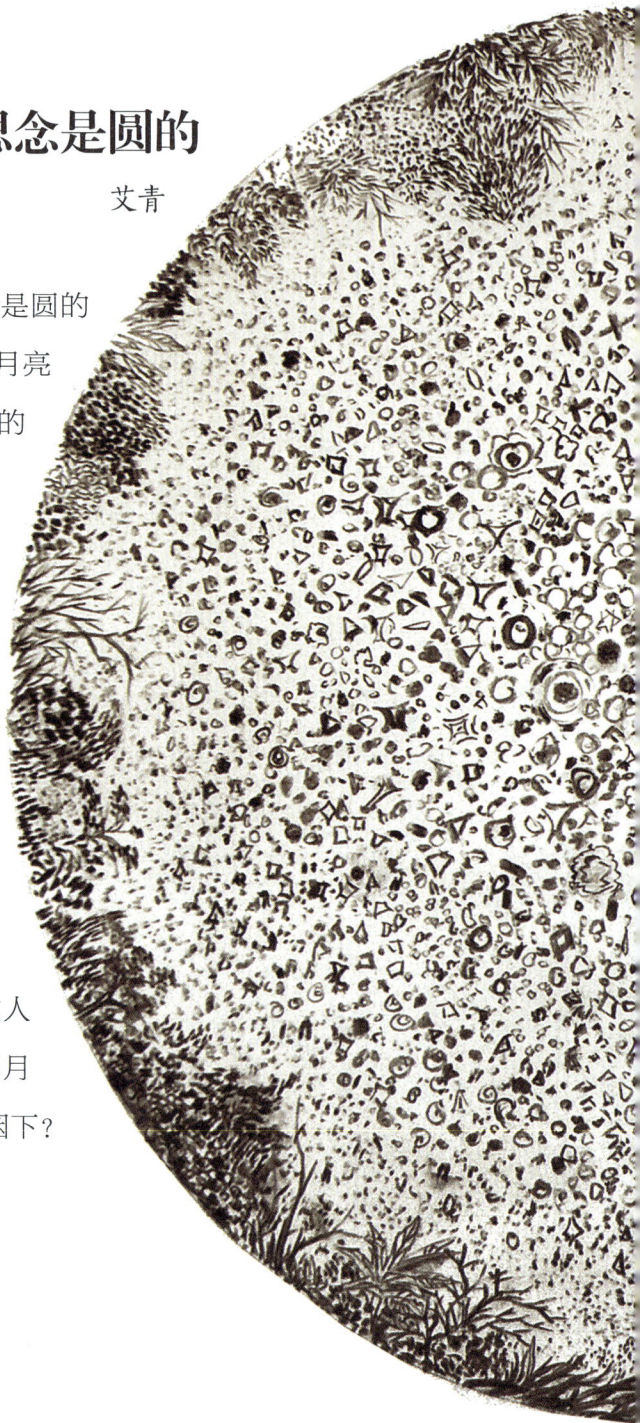

我的思念是圆的

艾青

我的思念是圆的

八月中秋的月亮

也是最亮最圆的

无论山多高，海多宽

天涯海角都能看见它

在这样的夜晚

会想起什么？

我的思念是圆的

西瓜，苹果都是圆的

团聚的人家是欢乐的

骨肉被分割是痛苦的

思念亲人的人

望着空中的明月

谁能把月饼咽下？

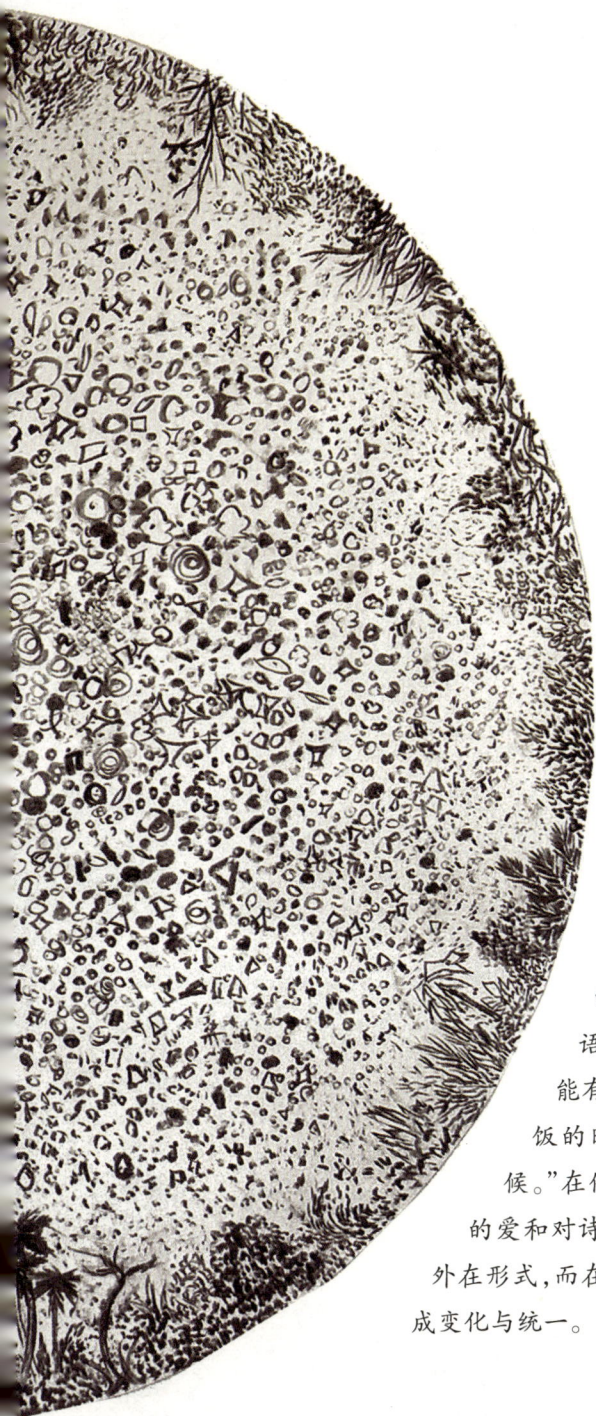

艾青以"最伟大的
歌手"要求自己，写作
是他的生活方式。他曾
说："我永远渴求着创
作，每天我像一个农夫
似的在黎明之前醒来，一
醒来，我就思考我的诗里
的人物和我所应该采用的
语言，和如何使自己的作品
能有一分进步……甚至在我吃
饭的时候，甚至在我走路的时
候。"在他的诗歌中涌现着对人民
的爱和对诗歌的真情，他的诗不拘泥
外在形式，而在有规律的排比、反复中形
成变化与统一。

幸福

[法国] 保尔·福尔 / 戴望舒　译

　　幸福是在草场中。快跑过去，快跑过去。幸福是在草场中，快跑过去，它就要溜了。

　　假如你要捉住它，快跑过去，快跑过去。假如你要捉住它，快跑过去，它就要溜了。

　　在杉菜和野茴香中，快跑过去，快跑过去。在杉菜和野茴香中，快跑过去，它就要溜了。

　　在羊角上，快跑过去，快跑过去。在羊角上，快跑过去，它就要溜了。

　　在小溪的波上，快跑过去，快跑过去。在小溪的波上，快跑过去，它就要溜了。

　　从林檎树到樱桃树，快跑过去，快跑过去。从林檎树到樱桃树，快跑过去，它就要溜了。

　　跳过篱垣，快跑过去，快跑过去。跳过篱垣，快跑过去！它已溜了！

　　戴望舒称保尔·福尔为"法国后期象征派中的最淳朴，最光耀，最富于诗情的诗人"。有人说他是一个单纯的天才，有人说他的诗经不起推敲，太过感性。其实他的作品并不单纯，反而很复杂，像生活一样，像大自然的种种形态一样。

孔雀

[法国] 阿波利奈尔 / 李玉民　译

长尾拖曳在地，

待把彩屏展开，

显得倍加美丽，

屁股却露了出来。

　　阿波利奈尔是法国超现实主义的创始人。他从象
征主义诗人那里学习技法，从现代高速的生活中寻找
诗歌的节奏。他一反传统，根据呼吸与情感来划分诗
节，并将民歌俗语揉进诗句。

牧童

[德国] 海涅／张威廉　译

牧童是一位国王，
他的宝座是绿色的山岗，
那巨大的黄金王冠，
是他头顶上的太阳。

他脚畔躺着的绵羊，
是柔顺的佞臣，
佩着红十字勋章；
牛犊是爵士们，
它们在傲视阔步地徜徉。

宫廷伶工是些小山羊，
还有鸟儿和母牛，
吹着笛子，摇着铃铛，
是些宫廷的歌手。

敲打和歌唱令人神往，
更令人神往的是加上

瀑布和松涛声沙沙响，
国王渐渐进入了梦乡。

这时治理就得由大臣，
就是那只狗，来担当，
它猖狂的狂吠，
回声响彻四方。

年轻国王在梦中胡诌：
"这治理国政真是难透；
唉，我但愿，在家里
已经偎依着我的王后！

在我王后的怀抱里，
软绵绵枕着我的头，
在她美丽的眼睛里，
看到我国土的广褒。"

这是选自海涅《哈尔茨山游记》中的一首诗歌。海涅曾在哈尔茨山下偶遇一个金发牧童。牧童请他吃了一顿乳酪加面包的午餐。海涅觉得牧童在这自由的天地间真像个国王，便写了这首酷似民歌的诗来歌颂他。在诗人看似浪漫的文字下，隐含着他对当时朝政的嘲讽。

火车

[土耳其] 塔朗吉/余光中　译

去什么地方呢
这么晚了
美丽的火车
孤独的火车

凄苦是你汽笛的声音
令人记起了许多事情

为什么我不该挥舞手巾
乘客多少都跟我有亲

去吧　但愿你一路平安
桥都坚固　隧道都光明

奔向远方的火车孤独地前行,它的未来蒙着水汽。而旅途中的偶遇与陪伴,总在未知中给予旅人温暖与力量。余光中先生在《记忆像铁轨一样长》中提到,写火车的诗中他最喜欢的便是这首。

自然

扫一扫　听诗歌

那时金色的日子将我怀抱

致大自然（节选）

[德国] 荷尔德林／钱春绮　译

当我还在你的面纱旁游戏，

还像花儿依傍在你身旁，

还倾听你每一声心跳，

它将我温柔颤抖的心环绕，

当我还像你一样满怀信仰和渴望，

站在你的图像前，

为我的泪寻找一个场所，

为我的爱寻找一个世界；

当我的心还向着太阳，

以为阳光听得见它的跃动，

它把星星称作兄弟，

把春天当作神的旋律；

当小树林里气息浮动，

你的灵魂，你欢乐的灵魂，

在寂静的心之波里摇荡，

那时金色的日子将我怀抱。

　　荷尔德林用古希腊的诗文搭建了一座
通往自然的桥。他时而在草野上欢快地奔
跑，时而严肃地倾听着风吹动树叶的声响、
监测着雨下落的速度、丈量着影子被阳光拉
长的尺寸。因为他始终怀揣着一颗纯洁的
心，所以，他发现了自然的圣洁，听见了自然
神秘的呼唤。

梦游人谣（节选）

[西班牙] 洛尔迦 / 戴望舒　译

绿啊，我多么爱你这绿色。

绿的风，绿的树枝。

船在海上，

马在山中。

影子裹住她的腰，

她在露台上做梦。

　　那时在广场上，在小酒店里，在村集市中，到处都能听见动听的歌曲，问问它们的作者是谁，答案常常是洛尔迦。这个天才诗人在那个时代挥舞笔杆，唱响了西班牙传统的歌谣，他用文字给了那些诗歌呼啸的梦，甜美的歌喉，巨大的翅膀。

早春呈水部张十八员外

韩愈

天街小雨润如酥，
草色遥看近却无。
最是一年春好处，
绝胜烟柳满皇都。

韩愈,"唐宋八大家"之首。有一天,韩愈想约任水部尚书的张籍一同春游,张籍却以年老事忙而推脱。韩愈便写下这首充满早春之美的诗歌希望能勾起张籍出游的兴致。

47

过故人庄

孟浩然

故人具鸡黍，邀我至田家。

绿树村边合，青山郭外斜。

开轩面场圃，把酒话桑麻。

待到重阳日，还来就菊花。

　　写诗也许和画画一样。孟浩然会在内心的调色盘里挑选颜色，自然的颜色。勾勒世间万物的时候，他还会反复思量，在纸上划出大小合适的口子，好让自己在里头安躺。《过故人庄》就像是孟浩然的一篇日记，记下了他拜访故友的一天，两人在席间相谈甚欢，约好重阳再聚首赏菊。

江南春

杜牧

千里莺啼绿映红，
水村山郭酒旗风。
南朝四百八十寺，
多少楼台烟雨中。

我想画一幅江南的春天，你来看看我还缺少什么？我有生命的绿色，跳跃的红色和听不完的鸟叫。我有舞动的旗子，诱人的美酒，好来呼唤路上的旅人。我还有朦胧的烟雨，安静的寺庙，你只要来过就会迷路。你说说这样的春天，我还缺少什么……

菩萨蛮（其二）

韦庄

人人尽说江南好，

游人只合江南老。

春水碧于天，

画船听雨眠。

垆边人似月，

皓腕凝霜雪。

未老莫还乡，

还乡须断肠。

　　和现代文人不同，古代文人可选择的职业非常少，因此，在朝做官成为大多数人的出路。对于一个文人来说，官场的大门向他紧闭，无疑就是抹去了他的未来。此诗中，韦庄就向我们展露了这种环境下文人的心态。他有一个多么美好的家乡，他又何尝不想念自己的妻子，可自己还毫无作为，怎好归去。

春風楊柳萬千條

滁州西涧

韦应物

独怜幽草涧边生，
上有黄鹂深树鸣。
春潮带雨晚来急，
野渡无人舟自横。

韦应物，中唐时期田园诗人。此诗中，诗人散步至滁州西涧，欣赏着暮春之景。他的情绪也像散步在溪水边，枝丫间，雨水中，扁舟上。

登池上楼（节选）

谢灵运

池塘生春草，
园柳变鸣禽。
祁祁伤豳歌，
萋萋感楚吟。

　　古代的诗歌第一次跟谢灵运出门旅游。它们以为自己会跟往常一样，无论身处何地，都是诗人手中的宝贝。可这次它们却大为吃惊。谢灵运竟指挥它们给大树捶背，哄浪花安睡，还要帮野鸭寻找迷途的孩子。尽管它们得到了一些好看的衣服、漂亮的房子作为奖励，可它们还是有点闷闷不乐。

小池

杨万里

泉眼无声惜细流，
树阴照水爱晴柔。
小荷才露尖尖角，
早有蜻蜓立上头。

南宋诗人杨万里，号诚斋，他创造了语言浅近明白、清新自然，富有幽默情趣的"诚斋体"。这首《小池》小巧、精致，短短几句勾勒出了一幅生机盎然的彩墨画。

滕王阁诗

王勃

滕王高阁临江渚，佩玉鸣鸾罢歌舞。

画栋朝飞南浦云，朱帘暮卷西山雨。

闲云潭影日悠悠，物换星移几度秋。

阁中帝子今何在？槛外长江空自流。

那年重阳，王勃正逢一高官在滕王阁做寿，他便在宴会上一气呵成写了首诗，又故意将诗句里一"空"字留空。之后高官命人向王勃询问诗中空字，王勃却要求一字千金。高官送去金银后，得知留空处便为"空"字，在座众人无不赞叹这千金银两花得值当。

蒹葭

《诗经》

蒹葭苍苍，白露为霜。所谓伊人，在水一方。

溯洄从之，道阻且长。溯游从之，宛在水中央。

蒹葭凄凄，白露未晞。所谓伊人，在水之湄。

溯洄从之，道阻且跻。溯游从之，宛在水中坻。

蒹葭采采，白露未已。所谓伊人，在水之涘。

溯洄从之，道阻且右。溯游从之，宛在水中沚。

皇帝迫不及待地召见刚刚归来的采诗官。大殿内皇帝一口气读完了采诗官从民间收集来的歌谣。他惊讶地指着诗集的第一页问，这究竟是诗还是画？世上是否真的存在如此美丽的人？如果是真的，他该如何到达那眺望的河畔。

园子

[法国] 果尔蒙／戴望舒　译

西茉纳、八月的园子
是芬芳、丰满而温柔的；
它有芜菁和莱菔，
茄子和甜萝卜，
而在那些惨白的生菜间，
还有那病人吃的莴苣；
再远些，那是一片白菜，
我们的园子是丰满而温柔的。

豌豆沿着攀竿爬上去；
那些攀竿正像那些
穿着饰红花的绿衫子的少妇一样。
这里是蚕豆，
这里是从耶路撒冷来的葫芦。

胡葱一时都抽出来了，
又用一顶王冕装饰着自己，
我们的园子是丰满而温柔的。

周身披着花边的天门冬
结熟了它们的珊瑚的种子；
那些链花，虔诚的贞女，
已用它们的棚架做了
　　一个花玻璃大窗，
而那些无思无虑的南瓜
在好太阳中鼓起了它们的颊；
人们闻到百里香和茴香的气味，
我们的园子是丰满和温柔的。

　　在果尔蒙那里，世间万物的背后都有一根丝线，这些丝线缠在他的笔尖。哪怕线头那端的轻微震动都能让笔迅速地睁开眼睛，开始缓慢地书写。纸上的文字会变成细黑的虫子，沿着丝线像毛毛虫一样爬回那震动的源头，可半道上这些虫子已化成一只只腾空的蝴蝶。

C. Piss___

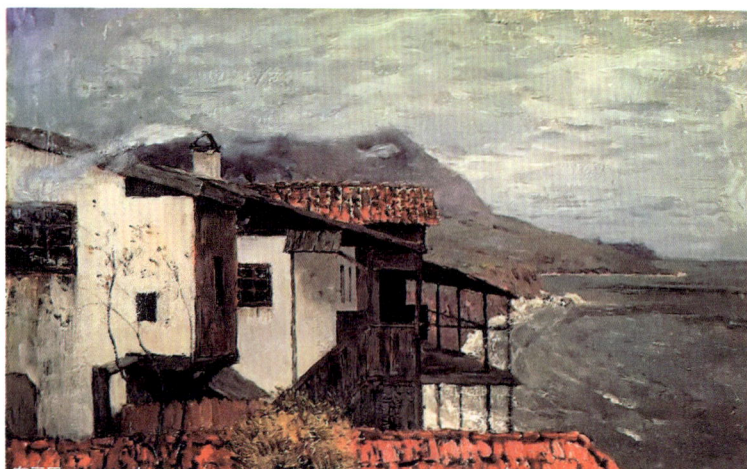

河

何其芳

我散步时的侣伴，我的河，

你在歌唱着什么？

我这是多么无意的话呵。

但是我知道没有水的地方就是沙漠。

你从我们居住的小市镇流过。

我们在你的水里洗衣服洗脚。

我们在沉默的群山中间听着你

像听着大地的脉搏。

我爱人的歌，也爱自然的歌，

我知道没有声音的地方就是寂寞。

何其芳与李广田、卞之琳组成了"汉园三诗人"。从开始创作时他便成天梦着一些美丽的、温柔的东西。细腻与闪烁的文字便在他醒来时碎成粉末，落满他的双手。

观沧海

曹操

东临碣石，以观沧海。

水何澹澹，山岛竦峙。

树木丛生，百草丰茂。

秋风萧瑟，洪波涌起。

日月之行，若出其中；

星汉灿烂，若出其里。

幸甚至哉，歌以咏志。

北边战事的胜利令曹操心情大好。他骑着马路过碣石山，山下翻滚的海水令他想到了浩渺的宇宙。他久久立在那山崖，想象自己的身体融进那海水，跳动的心脏里造出星星、太阳与月亮。

天净沙·秋思

马致远

枯藤老树昏鸦，

小桥流水人家，

古道西风瘦马。

夕阳西下，

断肠人在天涯。

马致远与关汉卿、郑光祖、白朴并称"元曲四大家"。这首散曲小令向我们展现了诗歌创作中一个很经典的手法——白描。白描旨在用精简的线条勾画事物。马致远在《秋思》中像给了我们好几片小拼图，每片拼图里都勾勒了一个简单的事物。当我们完成拼图时却看到了一个极富冲击力的画面——一个无比凄凉的秋天，一个无比哀愁的人。

山居秋暝

王维

空山新雨后，天气晚来秋。

明月松间照，清泉石上流。

竹喧归浣女，莲动下渔舟。

随意春芳歇，王孙自可留。

王维喜欢简单的文字，他在诗歌中去掉了主观的自我，还给花草树木一个本源的自己。在唐代时，鲜有人知道王维的重要性，到了宋代，苏东坡开始体会到了王维诗中有画、画中有诗的伟大。此后，这种风格影响了很多人的创作。

江雪

柳宗元

千山鸟飞绝，

万径人踪灭。

孤舟蓑笠翁，

独钓寒江雪。

柳宗元，"唐宋八大家"之一。此诗展现了诗歌写作也可以跟电影拍摄一样，富有镜头感。柳宗元把前两句中本是陪衬的远景用特写的方式进行呈现，从而使诗中画面产生一种夸张的真实感。后两句本是内心的写照，诗人却拉远了镜头以此寄托自己的清高孤傲。全诗押入声韵，就像给每个镜头都做了干净利落的剪辑。

夜莺颂（节选）

〔英国〕济慈 / 桑榆里　译

我道不明，何许花朵于我足畔

亦难明哪般清芬于枝桠轻悬

那幽邃馥郁宛宛，只好思量寻猜

这时节，教哪许芬芳

来润养如斯青草，果木，和林莽

这白枳花，野玫瑰

这紫罗兰，它衣履叶丛，速速凋零

更有麝香蔷薇，

五月中旬那娇儿，

它姗姗来也，满饮露酒，

于夏夜，飞虫儿萦萦其间低喃。

　　济慈主张"美即是真，真即是美"，在他的墓碑上写着这样一句话："这里沉睡着一个人，他把名字写在水上。"

云（节选）

[英国] 雪莱/穆旦　译

那圆脸的少女，人们叫作
　　月亮的，一身白火焰，
夜风吹拂时，她就掠过了
　　我的羊毛般的地板；
只有天使听见她的脚步；
　　有时，当她的脚踏裂
我的帐幕织得薄的地方，
　　星星就偷窥着世界；
如果有风把帐篷更吹开，
　　它们就像一窝蜜蜂
飞跑出来，我会笑看河水，
　　湖和海，各自铺上星辰
和月亮，就像从我的手里
　　漏下的那一角天空。

在雪莱的森林里，花草、树木、月亮或者云有时会说人的语言，有时会有天使的轮廓。在雪莱的宇宙里，有着千千万万个门，通过星星上的门能到达一个男孩的枕头，通过女人眼睛上的门能去到大海的深处。这个宇宙时时刻刻都在变化，有时它是一只皮球，有时它是一张桌子，有时它是一只奔跑的鹿……

鹰

[英国] 丁尼生/张炽恒　译

他用弯勾般的铁爪攫住巉岩，

与太阳比邻于孤寂之地，

在蔚蓝世界的环映中屹立。

皱巴巴的大海在他下方蠕动，

他守望在他的高山岩壁，

落下犹如一声晴天劈雳。

　　每一个文字对丁尼生来说都是一种乐器，握笔书写的他就像站在交响乐团前的指挥家。在诗歌里，他要确保每一种乐器都发出精准的声音，所有声音相融时又要和谐统一。他拒绝千篇一律的演奏，且坚信每一个故事都有专属于它的乐曲。

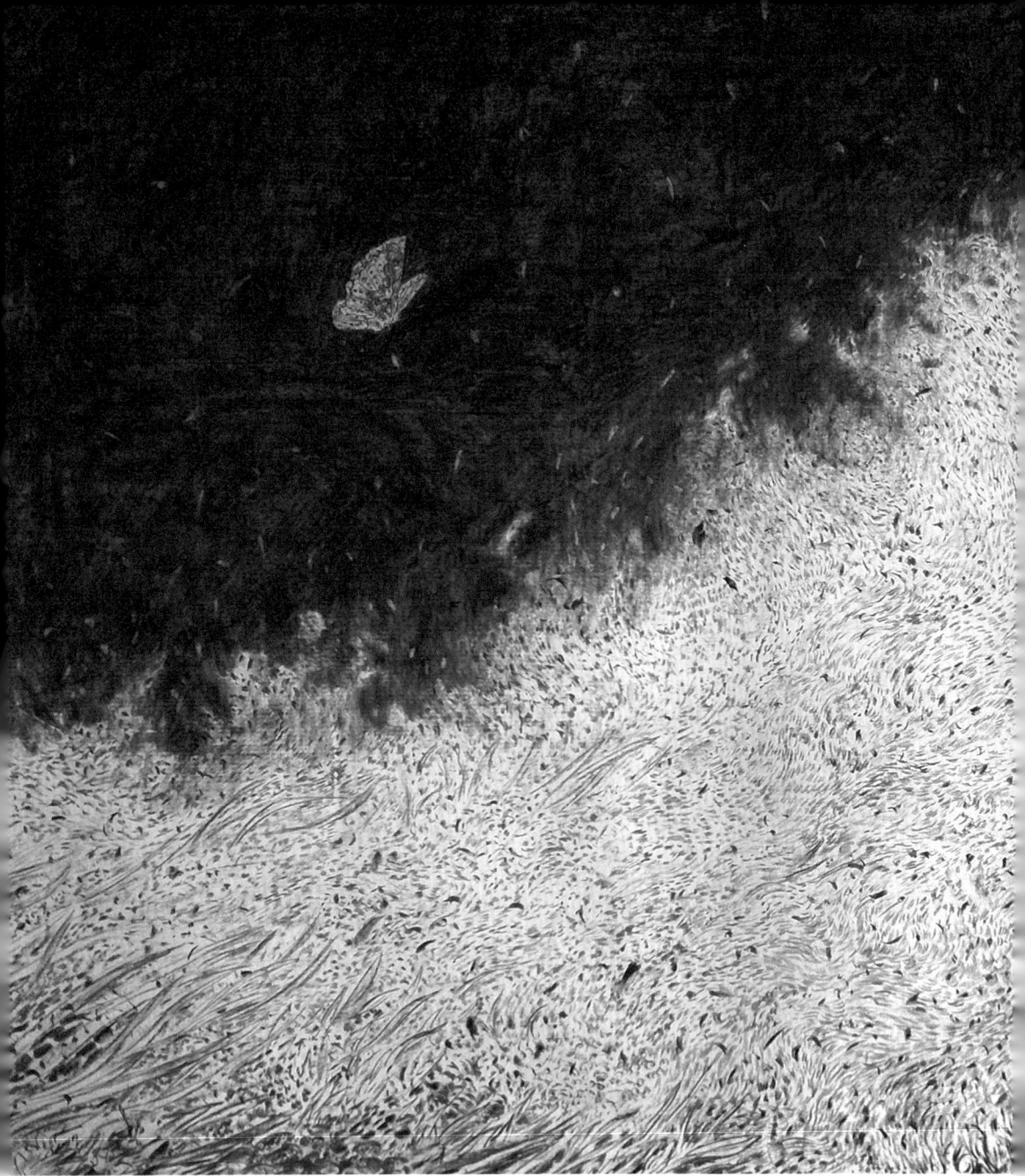

　　拉马丁是法国十九世纪第一位浪漫派抒情诗人。
他就像一只敏感的蜗牛,世界的轻轻摇晃都会让他慌
张地缩进梦的圆壳。

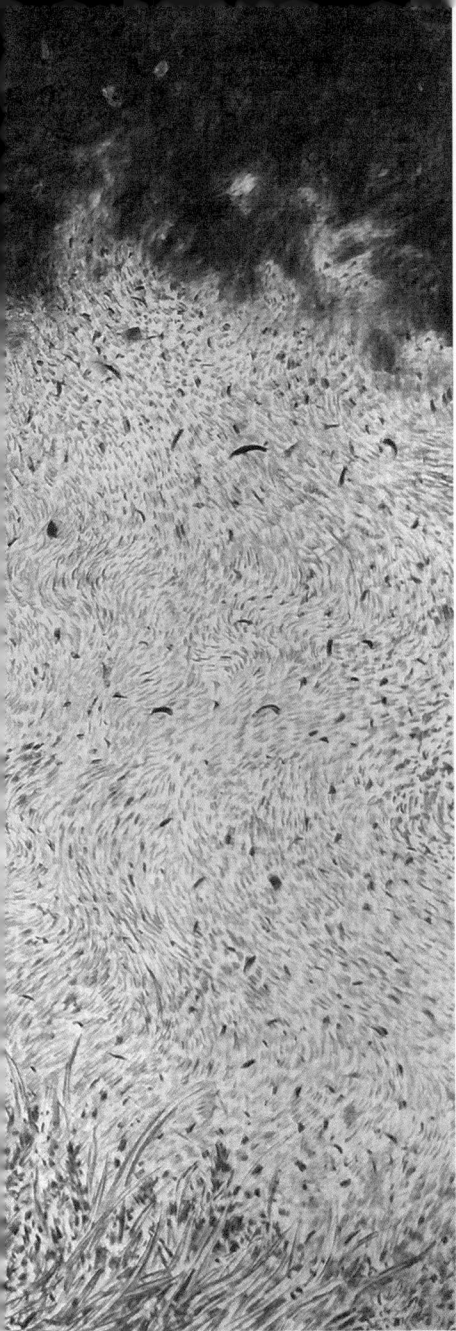

蝴蝶

[法国] 拉马丁 / 佚名　译

与春同生，与玫瑰同亡；
架着绢的翅膀在晴空翱翔；
在初放的花朵中踌躇，
陶醉于花香、碧空与阳光；
奋力抖落翅膀上的花粉，
像一阵轻风飞向无尽的穹苍，
这便是蝴蝶幸运的一生，
它像是一种从未实现的愿望，
不满足地轻掠过每件事物，
最终为寻找乐土又返回天堂。

情感

此情可待成追忆，只是当时已惘然

锦瑟

李商隐

锦瑟无端五十弦，一弦一柱思华年。

庄生晓梦迷蝴蝶，望帝春心托杜鹃。

沧海月明珠有泪，蓝田日暖玉生烟。

此情可待成追忆？只是当时已惘然。

　　晚唐时期出现了一个神秘又哀伤的李商隐。他的诗歌常常像一个谜语，令人疑惑又着迷。在这首诗中，诗人以瑟为切入点，开始诉说自己过往的回忆。过去究竟发生了什么？诗人不明说，却用了几个有趣的典故。第一个典故是庄子做梦成了蝴蝶，醒来后庄子开始困惑，究竟是自己梦成了蝴蝶还是蝴蝶梦成了自己；第二个典故是传说中一个叫杜宇的君主，他禅让皇位后不幸国亡身死，化为一只鸟，日夜鸣叫企图唤回春天，最后声嘶力竭，咳血染红了杜鹃花；第三个典故是讲美人鱼（鲛人）在月圆的晚上会一边唱歌一边哭泣，落下的眼泪会变成珍珠；最后一个典故说了一个叫蓝田的地方，地底下藏有宝玉，在太阳照耀下，地底下的玉会生出袅袅上升的烟。

游子吟

孟郊

慈母手中线，游子身上衣。
临行密密缝，意恐迟迟归。
谁言寸草心，报得三春晖。

儿子临行前，母亲为他缝制了一件衣服，母亲担心这衣服不够结实，就对着烛火，一针，再加一针缝补。孟郊早年漂泊无依，直到五十岁才获得一个卑微的官职。结束长年流离生涯后，他将母亲接来同住。

七步诗

曹植

煮豆持作羹，漉菽以为汁。

萁在釜下燃，豆在釜中泣。

本自同根生，相煎何太急？

诗人谢灵运称赞曹植时曾说，天下人的才气有一石的话，曹植一人就独占了八斗。相传曹植的哥哥曹丕忌惮他文采过人，便命他在七步之内成诗，不成便杀之。结果曹植应声咏出该诗，使曹丕感到十分羞愧。

本诗选自宋代郭茂倩编的《乐府诗集》，是南北朝时北方的一首民歌，与《孔雀东南飞》合称为"乐府双璧"。诗歌讲述了名为木兰的女子，女扮男装替父从军，建立功勋后，不愿做官只求回乡团圆的故事。在创作上，诗歌着重从生活和人物的描写入手，通过人物问答、排比、对偶等写作方式刻画了一个个生动的角色。

木兰诗（节选）

《乐府诗集》

唧唧复唧唧，木兰当户织。不闻机杼声，惟闻女叹息。

问女何所思，问女何所忆。女亦无所思，女亦无所忆。昨夜见军帖，可汗大点兵，军书十二卷，卷卷有爷名。阿爷无大儿，木兰无长兄，愿为市鞍马，从此替爷征。

东市买骏马，西市买鞍鞯，南市买辔头，北市买长鞭。旦辞爷娘去，暮宿黄河边，不闻爷娘唤女声，但闻黄河流水鸣溅溅。旦辞黄河去，暮至黑山头，不闻爷娘唤女声，但闻燕山胡骑鸣啾啾。

万里赴戎机，关山度若飞。朔气传金柝，寒光照铁衣。将军百战死，壮士十年归。

归来见天子，天子坐明堂。策勋十二转，赏赐百千强。可汗问所欲，木兰不用尚书郎，愿驰千里足，送儿还故乡。

　　相传古希腊盲诗人荷马，边走边唱，在各个村子里收集古老的神话。荷马走啊走，唱啊唱，他看不到一丝光亮，却唱出了西方第一大美女海伦的模样。

伊利亚特（节选）

[罗马] 荷马 / 罗念生　译

他们年老，

无力参加战斗，却是很好的演说家，

很像森林深处爬在树上的知了，

发出百合花似的悠扬高亢的歌声，

特洛亚的领袖们就是这样坐在望楼上。

他们望见海伦来到望楼上面，

便彼此轻声说出有翼飞翔的话语：

"特洛亚人和胫甲精美的阿开奥斯人

　　为这样一个妇人长期遭受苦难，

无可抱怨；看起来她很像永生的女神；

不过尽管她如此美丽，还是让她

坐船离开，不要成为我们和后代的祸害。"

他们这样说，老国王呼唤海伦，对她说：

"亲爱的孩子，你到这里来，坐在我前面，

……

在我看来，你没有过错，

只应归咎于神，是他们给我引起

阿开奥斯人来打这场可泣的战争。

……"

逢入京使

岑参

故园东望路漫漫，
双袖龙钟泪不干。
马上相逢无纸笔，
凭君传语报平安。

岑参在去往边塞的途中遇见了回京的信使，
那信使像一面镜子，让我们看见了两个岑参，也
看到了当时大多文人的生活，他们在建功立业的
路上无奈地思念着家乡。

从军行（其四）

王昌龄

青海长云暗雪山，
孤城遥望玉门关。
黄沙百战穿金甲，
不破楼兰终不还！

边塞诗这一题材在唐朝迅速发展，出现了很多像王昌龄那样描写边塞生活经历的诗人。在王昌龄的边塞诗中我们看到了边塞奇异的景象，也体悟到了边关将士的心绪。

别董大（其一）

高适

千里黄云白日曛，
北风吹雁雪纷纷。
莫愁前路无知己，
天下谁人不识君。

与董大分别的那天，有雪。他们喝了些酒，趁着夕阳，俳徊在山间的路上。董大有些难过，说自己一路以来十分不得志，长路漫漫不知何时才能与知己把酒言欢，苦笑人生。天色愈渐暗淡，分别在即，高适没有流泪，而是用力拍拍友人的肩，在寒冷的冬夜为他指出一条通往夏天的路。高适的诗之所以卓绝，是因为他"多胸臆语，兼有气骨"。

101

将进酒

李白

　　君不见黄河之水天上来，奔流到海不复回。君不见高堂明镜悲白发，朝如青丝暮成雪。人生得意须尽欢，莫使金樽空对月。天生我材必有用，千金散尽还复来。烹羊宰牛且为乐，会须一饮三百杯。岑夫子，丹丘生，将进酒，杯莫停。与君歌一曲，请君为我倾耳听。钟鼓馔玉不足贵，但愿长醉不用醒。古来圣贤皆寂寞，惟有饮者留其名。陈王昔时宴平乐，斗酒十千恣欢谑。主人何为言少钱，径须沽取对君酌。五花马，千金裘，呼儿将出换美酒，与尔同销万古愁。

李白与杜甫共为盛唐时期的两大明星。李白的诗风直接、浪漫，在他的诗中我们能听到很多不同的声响，能看到许多鲜艳的颜色。他善用句式变化，比喻夸张等手法。读他的诗就像在观看一个魔术师挥洒自如的表演一般。

我没有爱过这个世界

[英国] 拜伦／穆旦　译

我没有爱过这世界，它对我也一样；
我没有阿谀过它腐臭的呼吸，也不曾
忍从地屈膝，膜拜它的各种偶像；
我没有在脸上堆着笑，更没有高声
叫嚷着，崇拜一种回音；纷纭的世人
不能把我看作他们一伙；我站在人群中
却不属于他们；也没有把头脑放进
那并非而又算作他们的思想的尸衣中，
一齐列队行进，因此才被压抑而致温顺。
我没有爱过这世界，它对我也一样——
但是，尽管彼此敌视，让我们方方便便
分手吧；虽然我自己不曾看到，在这世上
我相信或许有不骗人的希望，真实的语言，

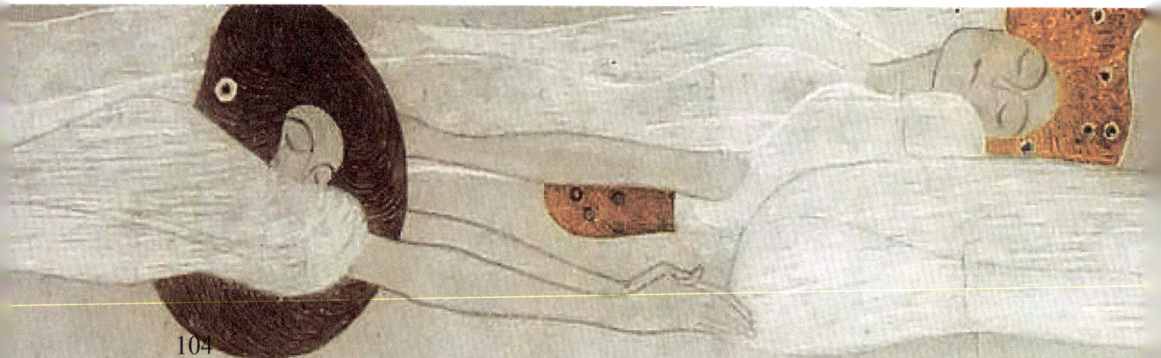

也许还有些美德，它们的确怀有仁心，

并不给失败的人安排陷阱；我还这样想：

当人们伤心的时候，有些人真的在伤心，

有那么一两个，几乎就是所表现的那样——

我还认为：善不只是空话，幸福并不只是梦想。

拜伦在他的诗歌中塑造了一批"拜伦式的英雄"，他们孤独忧郁，却又因不满现实而奋起反抗。《剑桥英国文学简史》中曾这样评价："拜伦在其最好的作品中不但是一个伟大的诗人，而且是世界上总会需要的一种诗人，以嘲笑其较卑劣的、并鼓舞其较崇高的行为。"

永遇乐·京口北固亭怀古

辛弃疾

千古江山，英雄无觅孙仲谋处。舞榭歌台，风流总被雨打风吹去。斜阳草树，寻常巷陌，人道寄奴曾住。想当年，金戈铁马，气吞万里如虎。

元嘉草草，封狼居胥，赢得仓皇北顾。四十三年，望中犹记，烽火扬州路。可堪回首，佛狸祠下，一片神鸦社鼓。凭谁问：廉颇老矣，尚能饭否？

辛弃疾像是一位总穿着盔甲的爱国战士，他守在马旁时刻准备着奔赴战场。这位战士有顶好的胃口，能吞下他所见的一切事物，化为自己的血肉。那一日，他牵马来到北固亭，眼前的景象令他想起曾经在此地征战的前辈英雄，担忧起祖国尚未收复的故土。伴着奔涌而去的河水声，他拉紧缰绳，睁大耳朵，等候着君王的诏令。

示儿

陆游

死去元知万事空，
但悲不见九州同。
王师北定中原日，
家祭无忘告乃翁。

陆游像个辛勤的农民，他把国家这颗种子埋进土地。他按照四季的变化给"国家"施肥浇水。坐在田埂边，他用一生等待"国家"发芽，在微风中他常常瞌睡，常常梦见丰收时人们热闹的聚会。

四时田园杂兴

范成大

昼出耘田夜绩麻，

村庄儿女各当家。

童孙未解供耕织，

也傍桑阴学种瓜。

在范成大以前，大多诗人写作的田园诗实际上是抒情诗，除陶渊明以外，也鲜有诗人去描写农村生活。范成大则将两者结合起来，使传统的田园诗有了新的面貌。此诗中范成大不仅勾勒出一幅富有生活气息的农村场景，还表达了他对劳动人民的尊重与同情。

乌衣巷

刘禹锡

朱雀桥边野草花，
乌衣巷口夕阳斜。
旧时王谢堂前燕，
飞入寻常百姓家。

走进落败的乌衣巷，刘禹锡在一块破旧的木板后面发现了一个发光的地窖。他猫着腰钻进去，身体不断地下落。恍惚间他来到了前朝的朱雀桥，身处热闹的人潮中。原来，今日是乌衣巷中王、谢两大户人家请戏班唱戏的日子。刘禹锡跟着好奇的村民攀上枝头，他看见院落里坐着好多身穿乌衣的子弟，他们面前摆着美酒佳肴，而戏台上的戏子穿着华服正咿咿呀呀地唱戏。

虞美人

李煜

春花秋月何时了？
往事知多少。
小楼昨夜又东风，
故国不堪回首月明中。
雕栏玉砌应犹在，
只是朱颜改。
问君能有几多愁？
恰似一江春水向东流。

李煜既是一位失败的皇帝，但又是一位成功的词人。王国维说，没有他也许就没有宋词。是他让词受到了文人的重视，是他让词吞吐吸纳了更多的体裁。他的文字就像一个早慧的小孩，你能迎头撞见他描绘的事物，惊讶于他天马行空的比喻，体会到他的欢喜与忧愁。

行行重行行

《古诗十九首》

行行重行行，与君生别离。

相去万余里，各在天一涯；

道路阻且长，会面安可知！

胡马依北风，越鸟巢南枝。

相去日已远，衣带日已缓；

浮云蔽白日，游子不顾反。

思君令人老，岁月忽已晚。

弃捐勿复道，努力加餐饭！

东汉末年，社会动荡。文人们在这样的环境下改编民歌，创作出《古诗十九首》。收录其中的《行行重行行》没有刀枪、没有苦难，只描写了一位女人，她默默地等待着远征的丈夫。她不知道她丈夫何时归来，也不知道有生之年她们能否再次相见。每每想起丈夫时，千言万语不知从何言起，只好小声嘱咐："出门在外，你要好好吃饭啊。"

到邮局去

应修人

异样闪眼的繁的灯。
异样醉心的轻的风。
我带着那封信,
那封紧紧地封了的信。

异样闪眼的繁的灯。
异样醉心的轻的风。
手指儿近了信箱时,
再仔细看看信面字。

应修人的诗以抒情短诗为主,表现了在五四新文学初期,刚刚挣脱封建礼教束缚的天真烂漫的青少年对美好自然的向往和对幸福爱情的憧憬,独具一种单纯、清新、质朴的美。

教我如何不想她

刘半农

天上飘着些微云，
地上吹着些微风。
啊！
微风吹动了我的头发，
教我如何不想她？

水面落花慢慢流，
水底鱼儿慢慢游。
啊！
燕子你说些什么话？
教我如何不想她？

月光恋爱着海洋，
海洋恋爱着月光。
啊！
这般蜜也似的银夜，
教我如何不想她？

枯树在冷风里摇，
野火在暮色中烧。
啊！
西天还有些儿残霞，
教我如何不想她？

此诗是刘半农在伦敦留学时创作的，在这首诗中他首创了女字旁的"她"字，广受赞誉。此诗融合了民歌的风格，运用了白话的语言，富有音乐性与流畅性，被谱成歌曲后广为流传。

偶然

徐志摩

我是天空里的一片云，
偶尔投影在你的波心——
你不必讶异，
更无须欢喜——
在转瞬间消灭了踪影。
你我相逢在黑夜的海上，
你有你的，我有我的，方向；
你记得也好，
最好你忘掉，
在这交会时互放的光亮！

　　徐志摩，新月派代表诗人，一生追求爱、自由与美。在谈论创作经历时，他这样言语："整十年前我吹着了一阵奇异的风，也许照着了什么奇异的月色，从此起我的思想就倾向于分行的抒写。"透过诗人的文字，我们瞥见一个具象化的"偶然"。

雨巷（节选）

戴望舒

撑着油纸伞，独自　　　　她是有

彷徨在悠长、悠长　　　　丁香一样的颜色，

又寂寥的雨巷，　　　　　丁香一样的芬芳，

我希望逢着　　　　　　　丁香一样的忧愁，

一个丁香一样的　　　　　在雨中哀怨，

结着愁怨的姑娘。　　　　哀怨又彷徨……

　　戴望舒在此诗中将中国古代诗词的写作手法与法国象征主义写作手法相结合，一韵到底，并于长短句间反复押韵。于是，我们缓缓走进了那条长长的没有尽头的雨巷——潮湿的水汽像一朵朵云错过我们，远处女人的背影时而显现，时而隐去。

一个愿望

[芬兰] 索德格朗 / 李笠　译

在这阳光灿烂的世界里

我只需要花园的一张椅子

和一只躺在那里晒太阳的猫……

我将坐在那里

怀揣一封信

一封很短的信

我的梦就是这样……

　　在通往诗歌王国的路上，士兵们在城门口将索德格朗拦下，他们问她："你究竟是何方之人，竟敢抛弃格律与韵脚。"她微笑着，不恳求也不蛮横，默默地在城墙边住下。这样的生活照样令她满意，因为她深信自由和快乐才是她的王国。在她的王国里，一切都有名字，一切都在活着，一切都有其存在的意义。

我想和你一起生活（节选）

[俄国] 茨维塔耶娃 / 陈黎　译

我想和你一起生活
在某个小镇，
共享无尽的黄昏
和绵绵不绝的钟声。

在这个小镇的旅店里——
古老时钟敲出的微弱响声
像时间轻轻滴落。

有时候，在黄昏，
自顶楼某个房间传来笛声，
吹笛者倚着窗牖，
而窗口大朵郁金香。
此刻你若不爱我，
我也不会在意。

　　亲爱的，我不是活在自己的嘴上。吻过我的人，会错过我。但我依然爱你，依然会给你写信。在那些文字里，我会骑上一匹马，在阵阵马蹄声中带你看石头做成的云，阳光酿成的河。我还要告诉你，我的开心、愤怒、沉默与疑惑。你要相信，我一直是你的诗人。

傍晚的光线金黄而辽远

[俄国] 阿赫玛托娃 / 佚名　译

傍晚的光线金黄而辽远，
四月的清风如此温情。
你迟到了多年，
可我依然为你的到来高兴。

请坐到我的身边，
用你快乐的眼睛细看：
这本蓝色的练习册——
上面写满了我少年的诗篇。

请原谅，我曾悲伤地生活
也很少为阳光而快乐。
请原谅，原谅我，为了你
我接受了太多实在的东西。

　　人们说阿赫玛托娃是"俄罗斯的月亮"，会唱歌的月亮。她的歌声干净悠扬，像旧时的八音盒为人类带来眼泪与欢乐。

江城子·乙卯正月二十日夜记梦

苏轼

十年生死两茫茫。

不思量，自难忘。

千里孤坟，无处话凄凉。

纵使相逢应不识，

尘满面，鬓如霜。

夜来幽梦忽还乡。

小轩窗，正梳妆。

相顾无言，惟有泪千行。

料得年年断肠处，

明月夜，短松冈。

　　苏轼在诗、词、散文、书、画等方面都有杰出的表现。这首正是苏轼写给亡妻的悼亡词。悼亡之作在《诗经》中就已出现，而用词这种文体进行演绎，则是苏轼首创。苏轼的文字简单从容，无需注解，似乎人人能懂。所以我们能跟着苏轼的步伐，体味到他妻子离开十年后的苦痛。在诗歌的世界里我们很难看到像苏轼这样的作家，如此直截了当地开始写词，如此勇敢坦诚地面对死亡。

声声慢

李清照

寻寻觅觅，冷冷清清，凄凄惨惨戚戚。乍暖还寒时候，最难将息。三杯两盏淡酒，怎敌他、晚来风急！雁过也，正伤心，却是旧时相识。

满地黄花堆积，憔悴损，如今有谁堪摘？守着窗儿，独自怎生得黑！梧桐更兼细雨，到黄昏、点点滴滴。这次第，怎一个愁字了得！

在"女子无才便是德"的古代，她的父亲摒弃男女之见让女儿受到了良好的教育；她的夫君打破文学题材的局限，把大多数人视为闺中文学的东西拿上台面与友人分享。李清照的出现让我们有了一个全新的视角去认识古代文化中的女人，同时看到词变得十分婉约的一面。李清照的作品，遣词造句非常大胆且具现代感，很多词句拿到我们今天的生活中也都可以使用。她的词分两个时期，前期描写了幸福的家庭生活，后期描写了国破家亡、夫死逃亡后独自生活的凄凉。

琵琶行（节选）

白居易

　　浔阳江头夜送客，枫叶荻花秋瑟瑟。主人下马客在船，举酒欲饮无管弦。醉不成欢惨将别，别时茫茫江浸月。

　　忽闻水上琵琶声，主人忘归客不发。寻声暗问弹者谁，琵琶声停欲语迟。移船相近邀相见，添酒回灯重开宴。千呼万唤始出来，犹抱琵琶半遮面。转轴拨弦三两声，未成曲调先有情。弦弦掩抑声声思，似诉平生不得志。低眉信手续续弹，说尽心中无限事。轻拢慢捻抹复挑，初为《霓裳》后《六幺》。大弦嘈嘈如急雨，小弦切切如私语。嘈嘈切切错杂弹，大珠小珠落玉盘。间关莺语花底滑，幽咽泉流冰下难。冰泉冷涩弦凝绝，凝绝不通声暂歇。别有幽愁暗恨生，此时无声胜有声。银瓶乍破水浆迸，铁骑突出刀枪鸣。曲终收拨当心画，四弦一声如裂帛。东船西舫悄无言，唯见江心秋月白。

　　被贬谪的白居易在送友人归去时听到江面传来琵琶声，便好奇地邀见了那个演奏琵琶的女子。选段是历来为人称颂的关于琵琶乐声的描写。白居易极其专注地刻画了女子演奏琵琶的姿态，展现了抑扬顿挫的乐声，那乐声时而像缓慢流过的河水声，时而像大小不同的珍珠坠落的声响。这个女人又有什么样的故事呢？也许长大后一部分的我们会成为白居易，我们都会明白生命的形式是一个又一个紧密相连的圆环。

江南逢李龟年

杜甫

岐王宅里寻常见，
崔九堂前几度闻。
正是江南好风景，
落花时节又逢君。

杜甫一生命途多舛,人们称他的诗歌为"诗史"。他的作品一方面记录了那个时代,另一方面表现了当时人民的生活。其风格可总结为"沉郁顿挫",即指内容上的厚重与情绪的曲折。杜甫好炼字,常常"语不惊人死不休"。

　　这首诗歌写于杜甫晚年,年迈的杜甫遇见了年近花甲的李龟年,当时那个红极一时的艺人和他一样随着盛世的衰亡而流落江南。两人相见本是满腹感叹,杜甫却收拾着心情,描写起江南的风光。

　　惠特曼曾观看过一片叶子,那地上的叶子让他想起了世上一切平凡的人与事物。它在风中自由地摇摆,他反问自己写诗难道不也应该如此?惠特曼曾观看过一株橡树,那生长的树让他觉得看到了自己。它孤独地朝着阳光生长,他反问自己,生命是不是也应该如此?

在路易斯安那我看见
一株四季常青的橡树在成长着

[美国] 惠特曼 / 赵萝蕤 译

在路易斯安那我看见一株四季常青的橡树在成长着，

它孤单单独自站立着，苔藓从树枝上挂下来，

它没有任何同伴却生长在那里倾吐着欢乐的、深绿色的叶子，

它的相貌粗鲁、挺拔、健壮，使我想到我自己，

但是我诧异它怎么能独自站在那里倾吐着欢乐的叶子，

却没有它的朋友在身边，因为我知道我就办不到，

我折下了小小一枝，上面有几瓣叶子，又给绕上一点儿苔藓，

我把它带走，把它放在我屋里容易看见的地方，

我不需要它使我重新想起我自己那些亲爱的朋友，

（因为我认为我最近除了他们之外没怎么想念过别的，）

但是它仍是一件奇异的纪念物，它使我想到男子之间的友爱；

虽则如此，而且虽然那四季常青的橡树孤独地在路易斯安那那块

很大很平坦的空地上闪闪发光，

终其一生倾吐着欢乐的叶子，竟没有一个朋友或心爱的人在身边，

我深知我就是办不到。

该走了，我的朋友……

[俄国] 普希金／谷羽　译

该走了，我的朋友！心儿要求平静！

日子一天天飞逝，每时每刻都带走

我们一部分生命，你我两个人本想

好好生活……可转瞬间将结束残生。

世界上没有幸福，却有意志和安宁。

令人羡慕的选择久久酝酿在我心中——

我这个疲惫的奴仆很早就想要逃走，

去遥远的所在从事劳作，体验平静。

　　普希金，被誉为"俄国文学之父"，却活得像一朵穿裤子的云。他写诗歌的口气，就像你与老友偶遇时，谈论起自己的生活和当下的世界，自然、从容。但别忘了，他是一朵云，起风的时候，他就会到处流浪。

冬（节选）

穆旦

我爱在淡淡的太阳短命的日子，
临窗把喜爱的工作静静做完；
才到下午四点，便又冷又昏黄，
我将用一杯酒灌溉我的心田。
多么快，人生已到严酷的冬天。

我爱在枯草的山坡，死寂的原野，
独自凭吊已埋葬的火热一年，
看着冰冻的小河还在冰下面流，
不知低语着什么，只是听不见。
呵，生命也跳动在严酷的冬天。

穆旦，九叶派代表诗人。此诗为穆旦晚年所作。他
曾如此评价此诗：

好处：其一，"可是有形象在，形象多少动人"；其
二，"弄一些老调反倒'翻旧变新'了。"；其三，"若无迷
句，我觉得更俗气了。这是叶慈的写法，一堆平凡的诗
句，结尾一句画龙点睛，使前面的散文活跃为诗。"

坏处："那形象也是陈词滥调的，像听熟了不动脑
筋的歌曲。我并不喜欢。"

我爱在冬晚围着温暖的炉火，

和两三昔日的好友会心闲谈，

听着北风吹得门窗沙沙地响，

而我们回忆着快乐无忧的往年。

人生的乐趣也在严酷的冬天。

我爱在雪花飘飞的不眠之夜，

把已死去或尚存的亲人珍念，

当茫茫白雪铺下遗忘的世界，

我愿意感情的热流溢于心间，

来温暖人生的这严酷的冬天。

一握沙（节选）

[日本] 石川啄木／周作人　译

一

半夜里睡醒觉得棉被沉重时，

几乎这样猜疑了：

命运压在上面了吧。

二

玩耍着背了母亲，

觉得太轻了，哭了起来，

没有走上三步。

石川啄木的歌集开创了日本短歌的新时代，在内容上他打破原来狭小的题材空间，使短歌这一古老的形式与人民的现实生活紧密相连，并使用现代口语进行写作。

三

不想忘记那

什么事也不惦念，

匆匆忙忙度过的一天。

四

路旁的狗打了个长长的呵欠，

我也学它的样，

因为羡慕的缘故。

不畏风雨

[日本] 宫泽贤治 / 程壁　译

不畏雨

不畏风

也不畏冬雪

和酷暑

有一个结实的身体

无欲无求

绝不发怒

总是平静微笑

一日食玄米半升

以及味噌和少许蔬菜

对所有事情

不过分思虑

多听多看

洞察铭记

居住在原野松林荫下

小小的茅草屋

东边有孩子生病

就去看护照顾

西边有母亲劳累

就去帮她扛起稻束

南边有人垂危

就去告诉他莫要怕

北边有争吵或冲突

就去说这很无聊请停止

干旱时流下眼泪

冷夏时坐立不安

大家喊我傻瓜

不被赞美

也不受苦

我想成为

这样的人

　　宫泽贤治，日本国民诗人。他出生于当铺世家，从小便体会到下层人民的悲苦，立志学农帮助农民，并通过自己的创作使农民走出困境。《不畏风雨》是诗人逝世前的作品，质朴的文字表达着诗人的志向，这首诗在日本广为流传。

哲思

一阵风轻轻地吹来，又像来时一样轻轻地吹走

牧羊人（节选）

[葡萄牙] 佩索阿／韦白　译

轻轻地，轻轻地，极轻极轻地，

一阵风轻轻地吹来，

又像来时一样轻轻地吹走，

我不知道我在想什么，

也不想知道。

思考是难受的，像在雨中散步。佩索阿的一生就像散步在里斯本细雨绵绵的街头。对人生的困惑将他的身体打了一个结，在潮湿的水汽中他一遍遍解开自己。而如今他的名字成了街道与大学，他的肖像出现在纸币上与地铁中，他的住所建成了一座博物馆。佩索阿在那个以烟鲱鱼、软木塞、葡萄酒而闻名的国家里成了一个神话。

饮酒（其五）

陶渊明

结庐在人境，而无车马喧。

问君何能尔？心远地自偏。

采菊东篱下，悠然见南山。

山气日夕佳，飞鸟相与还。

此中有真意，欲辨已忘言。

陶渊明爱喝酒，此诗写于他醉酒后。陶渊明也爱山丘，诗歌中着重描写了田园生活。此诗不仅体现了陶渊明语言质朴、好用白描的特点，也体现了他作品中富有哲思的一面。他的诗歌就像从土地中生长出来，他认为生命的道理并非来自说教，而是在观察一片树叶，抚摸一寸阳光中懂得。

寻隐者不遇

贾 岛

松下问童子，
言师采药去。
只在此山中，
云深不知处。

　　这首诗歌采取了有趣的问答形式。首句为寻隐者的
问话，之后作者隐去了他的提问，接连三句呈上童子对寻
隐者的回答。透过这些回答我们始终找不到那个隐者，但
能隐约知晓，寻隐者他提问时心情的迫切与变化。

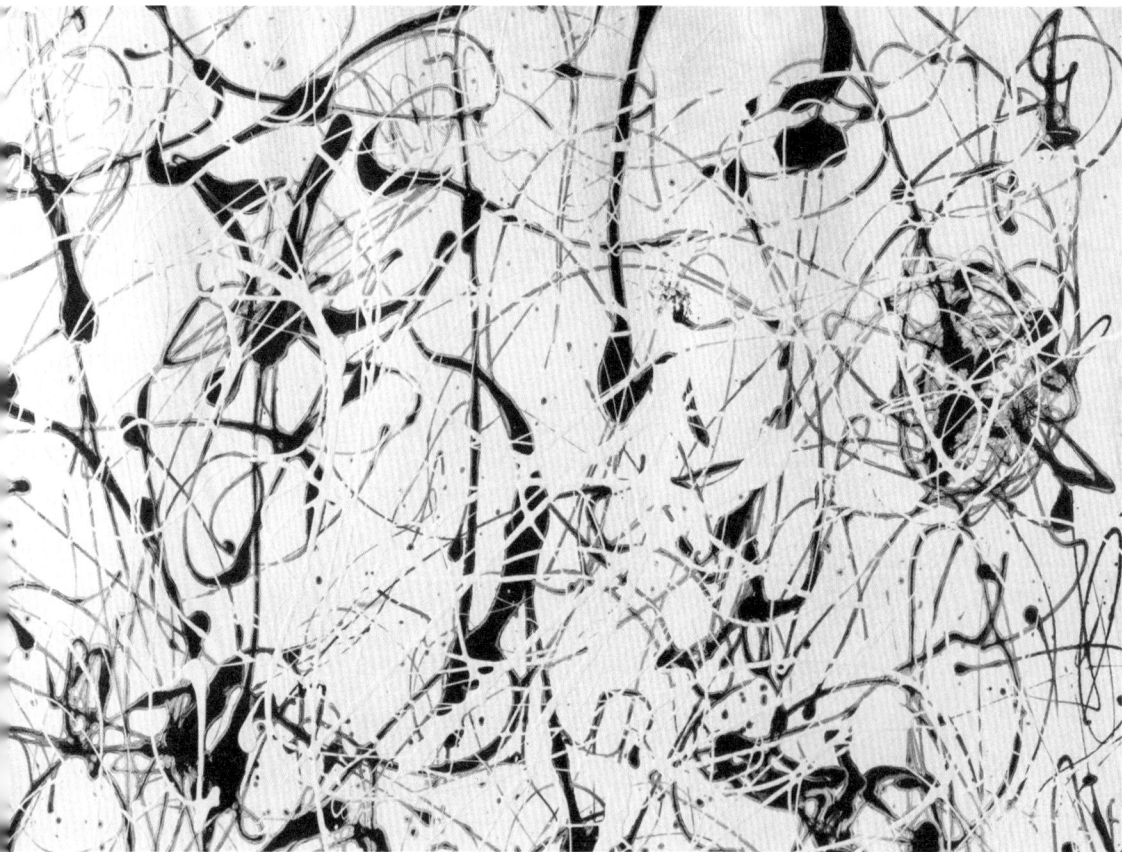

　　法国诗人普吕多姆曾这样自问自答："我是诗人还是哲学家?""感谢上帝没有把我肢解,没让我单纯当一个诗人或一个哲学家。"

疑惑

[法国] 普吕多姆 / 胡小跃　译

白色的真理躺在深深的井底。
大家从不注意或小心地避开；
而我，独自在那里冒险，由于凄愁的爱，
我穿过最黑的夜爬到井里。

我尽可能把绳子拖长；
我把它一直放到了头：我四顾，
眼珠惊慌，我伸出双臂摸触，
什么都没看见、没触到，我在悠晃。

而它却在那里，我听见它在呼气；
我像个永恒的钟摆，被它的引力所吸，
我来来回回，徒劳地在暗中触摸。

难道我不能延长这飘荡的绳索，
也不能重见欢快地诱我的日光？
难道我该在恐惧中一辈子地摇晃？

未走之路

[美国] 弗罗斯特 / 曹明伦　译

金色的树林中有两条岔路，
可惜我不能沿着两条路行走；
我久久地站在那分岔的地方，
极目眺望其中一条路的尽头，
直到它转弯，消失在树林深处。

然后我毅然踏上了另一条路，
这条路也许更值得我向往，
因为它荒草丛生，人迹罕至；
不过说到其冷清与荒凉，
两条路几乎是一模一样。

那天早晨两条路都铺满落叶，
落叶上都没有被踩踏的痕迹。
唉，我把第一条路留给将来！
但我知道人世间阡陌纵横，
我不知将来能否再回到那里。

我将会一边叹息一边叙说，
在某个地方，在很久很久以后：
曾有两条小路在树林中分手，
我选了一条人迹稀少的行走，
结果后来的一切都截然不同。

当许多诗人开始走上新诗歌的道路时，弗罗斯特仍散步于旧诗歌的花园里。他在大树下歇息，与花朵、阳光、微风私语，向它们诉说他对现代生活、现代社会的看法。他沉思着，在文字里深深地呼吸。

　　黑塞晚年回忆第一次读到诗歌时的震撼："这些不
可思议的诗行对我这个小男孩没有确切内涵,可它们
却如此神圣,让我第一次对语言有了如此深切的感受。
在我的耳畔,它们的声响如此强劲,就像在对我宣告想
象力的神奇,宣告文学创作的奥秘……"他的诗歌之船
就此起航,穿过玫瑰色的水汽寻找沉思的港湾。

传说

[德国] 黑塞／林克　译

国王和他的侍从坐在筵席上，
一只胆大的小鸟飞过殿堂。

"朋友，你们告诉我，"国王言语，
"难道这只小鸟不是个譬喻？
来自黑暗随即又隐入黑暗，
它只在光亮中待了一瞬间。
也这样来而复去不留痕迹，
我们在光明中没有多少日子。"

有人回答："自己安息的地方，
小鸟都知道，就在它的故乡。
人生如梦如黑夜，虚幻又蹉跎，
我们是可怜的眠者。但上帝醒着。"

莎士比亚第一次读到这个王子复仇的故事时,他紧皱着眉头。他喜欢故事里牺牲与复仇的主题,却不喜欢那个平庸虚假的王子。他提起笔……哈姆雷特该是个饱读诗书、受人爱戴的储君。亡父的魂魄告诉他,自己被人毒害的消息时,他该义愤填膺,报杀父之仇。写到此处,诗人笔下的哈姆雷特突然抬起头,他拿着宝剑站在敌人的身后,犹豫地望着天空……

哈姆雷特（节选）

[英国] 莎士比亚 / 朱生豪　译

生存还是毁灭，这是一个值得考虑的问题；

默然忍受命运的暴虐的毒箭，

或是挺身反抗人世的无涯的苦难，

通过斗争把它们扫清，

这两种行为，哪一种更高贵？

死了；睡着了；什么都完了；

要是在这一种睡眠之中，

我们心头的创痛，

以及其他无数血肉之躯所不能避免的打击，

都可以从此消失，

那正是我们求之不得的结局。

死了；睡着了；睡着了也许还会做梦；

嗯，阻碍就在这儿：

因为当我们摆脱了这一具朽腐的皮囊以后，

在那死的睡眠里，

究竟将要做些什么梦，

那不能不使我们踌躇顾虑。

人们甘心久困于患难之中，也就是为了这个缘故。

星

[古希腊] 柏拉图/桑榆里 译

我浮生中未名之星

你容颜谛向星群

而我愿为此冥冥

得于千万万凝眸睇目于你

古希腊人称柏拉图为"阿波罗之子",他们相
信,在柏拉图还是婴儿的时候,曾有蜜蜂停留在
他的嘴上,才令他有如此甜蜜流畅的口才。

天真之歌（节选）

[英国] 威廉·布莱克／桑榆里　译

一沙一世界，

一花一天堂。

君掌含无限，

刹那即永劫。

　　在布莱克的诗歌里我们能看到圣洁的佛像、女巫的水晶球、古希腊的智者、发狂的画家，还有能从口袋里变出万物的小丑。在他看来，所谓"天真"，是指人类在未遭到经验玷污前美好的心灵状态。怀抱"天真"的人，活着便是歌唱。

孔夫子的箴言（节选）

[德国] 希勒 / 钱春绮　译

时间的步伐有三种不同：
　　姗姗来迟的乃是未来，
　　急如飞矢的乃是现在，
过去却永远静止不动。

　　席勒爱好沉思，在给歌德的信中他说道："在搞哲学时诗人催促着我；在要写诗时，哲学的精神又使我忙得不亦乐乎。"

171

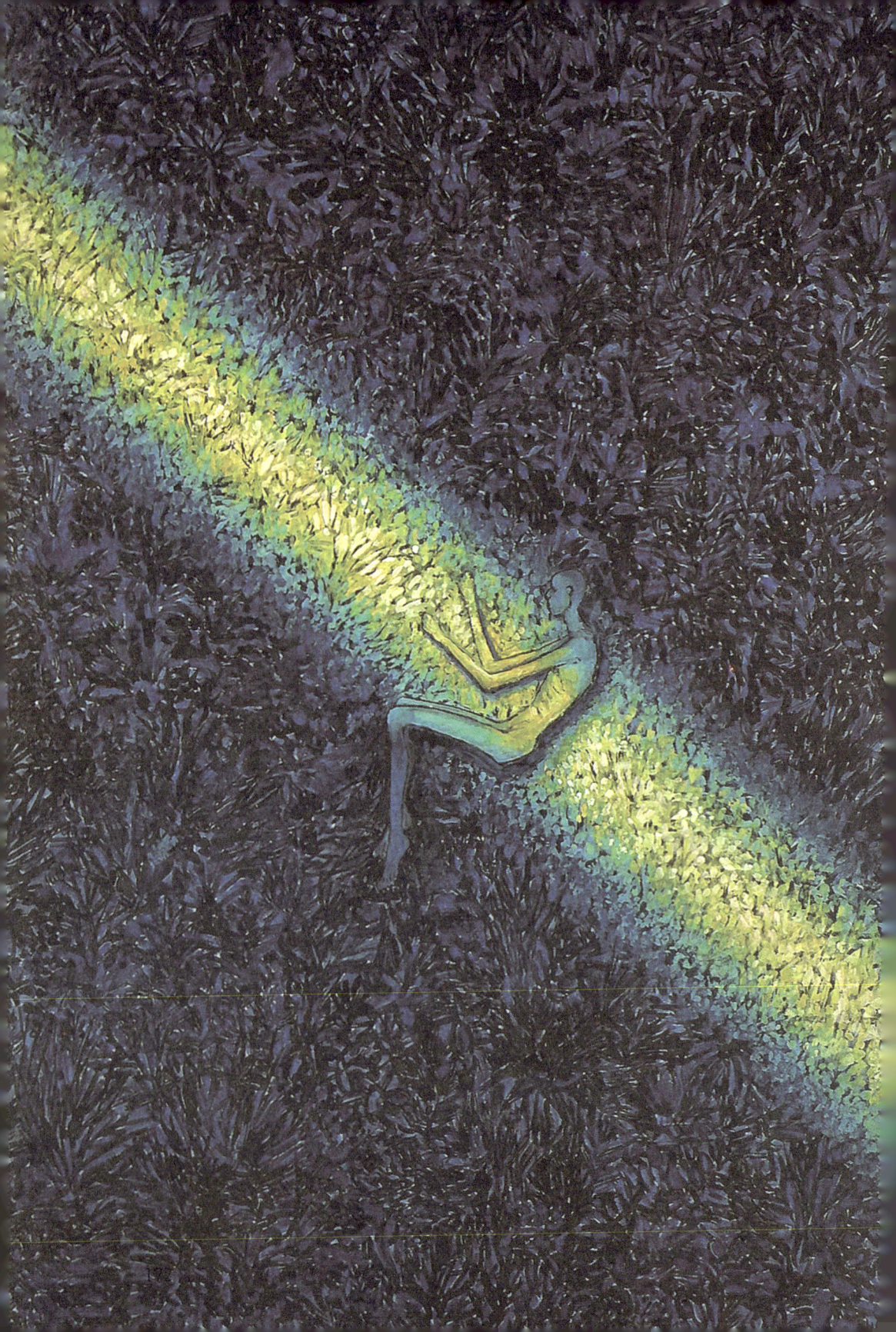

浮士德（节选）

[德国] 歌德／郭沫若　译

啊，请把我那少年时代还来，

在那时有诗的涌泉喷涌新醅，

在那时有雾霭一层为我遮笼世界，

未放的蓓蕾依然含着奇胎，

在那时我摘遍群花，

群花开满山谷。

我是一无所有而又万事俱足，

我向现实猛进，又向梦境追寻。

　　歌德耗时六十多年创作了《浮士德》，该书讲述了上帝与魔鬼的赌局，魔鬼认为人永远不能摆脱感官的享乐，上帝则认为人难免有过失，但能在改正后走上正路。于是魔鬼来到人间，企图诱惑深陷沉闷书斋的老博士浮士德。

神曲（节选）

[意大利] 但丁 / 王维克　译

为什么迟慢你的脚步？人家的窃窃私语与你何干？跟随我，让人家去说长说短！要像一座卓立的塔，决不因为暴风而倾斜。一个人常常由这个思想引起那个思想，因而远离了他所追求的正鹄，第二个思想每每减少第一个的活力呢。

诗人在森林中迷路，三只野兽挡住了他的去路。在诗人呼救时，古罗马诗人维吉尔闪现，带着他踏上旅途。一路上，他逐渐明白，人类只有经过迷茫和错误，苦难和考验，才能走向光明与美好。在《神曲》以前，写作的标准语言是拉丁文，但是但丁打破了这一惯例，用自己的母语意大利语进行创作。

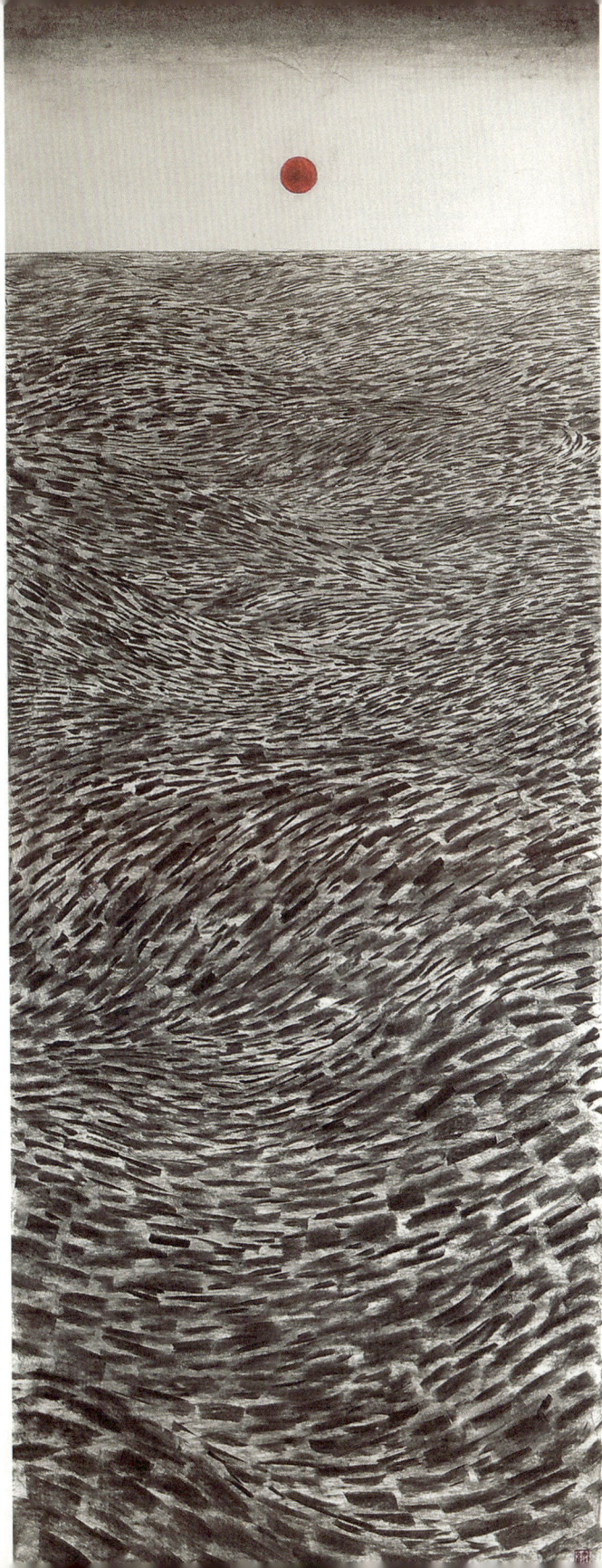

　　时间开出螺旋状的楼梯,他扶梯而上,去恳求上帝,上帝给他下达了急切的命令。他便匆匆地跑下楼梯,推开森林茂盛的枝丫,回到自己的房间。理好远行的行李,他立在门口,焦急却不知道目的地。一首好诗如同天赐,恐怕连诗人都不知道它来自何处。但正是《秋日》,使里尔克成为二十世纪最伟大的诗人之一。

秋日

[奥地利] 里尔克／北岛　译

主呵，是时候了。夏天盛极一时。
把你的阴影置于日晷上，
让风吹过牧场。

让枝头最后的果实饱满；
再给两天南方的好天气，
催它们成熟，把
最后的甘甜压进浓酒。

谁此时没有房子，就不必建造，
谁此时孤独，就永远孤独，
就醒来，读书，写长长的信，
在林荫路上不停地
徘徊，落叶纷飞。

光明

朱自清

风雨沉沉的夜里，
前面一片荒郊。
走尽荒郊，
便是人们底道。
呀！黑暗里歧路万千，
叫我怎样走好？
"上帝！快给我些光明吧，
让我好向前跑！"
上帝慌着说，"光明？
我没处给你找！
你要光明，
你自己去造！"

《光明》创作于中国新诗的
探索阶段，朱自清有意识地注重
了诗歌韵律与节奏的安排，通过
假想与上帝的问答使原本抽象
的哲理生动形象。

179

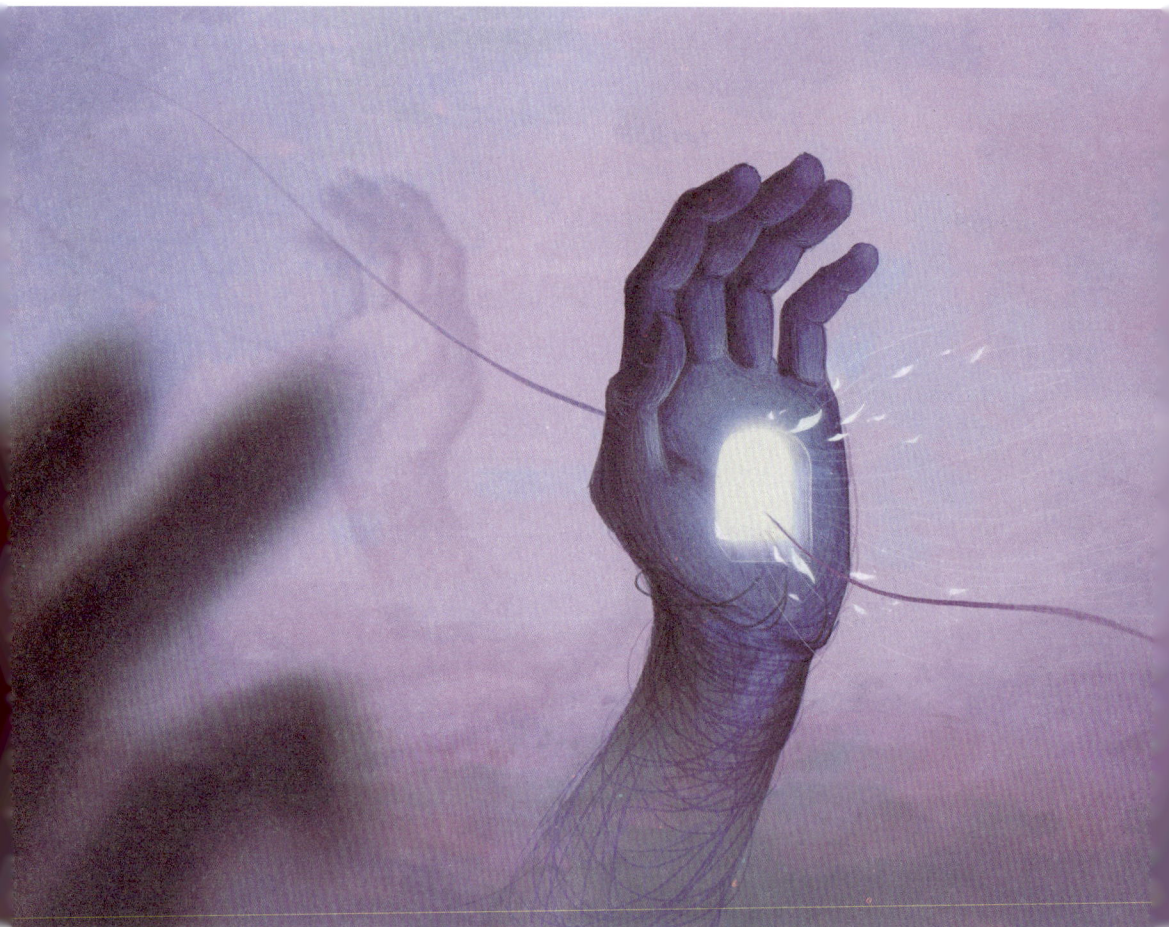

此刻万籁俱静（节选）

[意大利] 彼特拉克／钱鸿嘉　译

此刻万籁俱寂，风儿平息，

野兽和鸟儿都沉沉入睡。

点点星光的夜幕低垂，

海洋静静躺着，没有一丝痕迹。

我观望，思索，燃烧，哭泣，

毁了我的人经常在我面前，给我甜蜜的伤悲；

战斗是我的本分，我又愤怒，又心碎，

只有想到她，心里才获得少许慰藉。

我只是从一个清冽而富有生气的源泉

汲取养分，而生活又苦涩，又甜蜜，

只有一只纤手才能医治我，深入我的心房。

我受苦受难，也无法到达彼岸；

每天我死亡一千次，也诞生一千次，

我离幸福的路程还很漫长。

彼特拉克与但丁、薄伽丘被喻为"文艺复兴三杰"。他的十四行诗为欧洲抒情诗的发展开辟了道路。

　　柯尔律治与华兹华斯、骚塞共同组成了湖畔派诗人。他们在诗作中赞美自然，抒发真情，词句清新富有哲理。此诗衍生出了"柯尔律治之花"这一概念，后来成为文学、哲学、艺术领域探讨的命题。

假使你睡去会怎样

[英国] 柯尔律治 / 邵年　译

假使你睡去会怎样？

假使，

在沉睡中，

你做了个梦；

假使，

在梦中，

你到了天堂，

在那里采了一朵奇异又美丽的花；

假使，

你醒来，

那朵花在你的手中，

结果会怎样？

啊，之后会怎样？

春江花月夜（节选）

张若虚

春江潮水连海平，海上明月共潮生。

滟滟随波千万里，何处春江无月明！

江流宛转绕芳甸，月照花林皆似霰；

空里流霜不觉飞，汀上白沙看不见。

江天一色无纤尘，皎皎空中孤月轮。

江畔何人初见月？江月何年初照人？

人生代代无穷已，江月年年只相似。

不知江月待何人，但见长江送流水。

　　张若虚因此诗，被喻为"孤篇横绝全唐"。诗歌每四句一韵，共九次转韵，三十六句构成一个完整的七言诗结构。经过魏晋以来三百多年的探索，诗歌的形式与内容在此诗中实现了一种完美的结合。全诗围绕春、江、花、月、夜，渐次展开。诗人临到江边由景生情，通过对周遭事物的追问，像有一只手伸向黑暗的宇宙、时间的尽头、千千万万个自我的心中。

登幽州台歌

陈子昂

前不见古人，
后不见来者。
念天地之悠悠，
独怆然而涕下！

生活在武则天执政时期的陈子昂遇见了两种悲伤：一种是皇帝听信谗言将他贬谪，他感叹自己身不逢时；一种是将生命长度的小尺子与宇宙浩翰的长卷轴进行比较，他感伤生命的短暂。

登飞来峰

王安石

飞来山上千寻塔，

闻说鸡鸣见日升。

不畏浮云遮望眼，

自缘身在最高层。

王安石，"唐宋八大家"之一。这首诗是他三十岁时所作。通过此诗，我们可以看到他的青春和他对未来的向往。透过同一诗人不同时期的作品，我们会产生一个有趣的印象：有些诗歌会跟着诗人一起长大，有些诗歌始终像个坦诚的小孩，还有一些，仿佛一出生就是个年迈的老人。

画眉鸟

欧阳修

百啭千声随意移，
山花红紫树高低。
始知锁向金笼听，
不及林间自在啼。

　　我们常常会看到一些诗人，他们描写橘子、桃花、
飞鸟、太阳、哀愁的女人。而在这些人、事、物的最深
层，可能都住着一个害羞而敏感的诗人。

江上渔者

范仲淹

江上往来人，
但爱鲈鱼美。
君看一叶舟，
出没风波里。

    尽管我们可以看到天空、大地、森林或星星，但我们永远无法与之交谈，除非你把它们视作同类。尽管我们可以和他人交谈、相伴、一起战斗或逃亡，但我们永远无法与人为善，除非你把他们视作自己。宋代初期就出现了一批像范仲淹这样"先天下之忧而忧，后天下之乐而乐"的文人。

　　莱蒙托夫与普希金一起创造了伟大的俄国文学世界。托尔斯泰曾如此评价这位早逝的天才："如果莱蒙托夫尚在，就不需要我，也不需要陀思妥耶夫斯基了。"在莱蒙托夫的作品中常有一种对内部自我的追寻。而在《帆》中我们还能看到一幅鲜明的画面，感到一种内在的紧张，深陷一个问答式的机关中。

帆

[俄国] 莱蒙托夫／顾蕴璞　译

蔚蓝的海面雾霭茫茫，
孤独的帆儿闪着白光！……
它到遥远的异地找什么？
它把什么抛弃在故乡？……

呼啸的海风翻卷着波浪，
桅杆弓着身在嘎吱作响……
唉！它不是要寻找幸福，
也不是逃离幸福的乐疆！

下面涌着清澈的碧流，
上面洒着金色的阳光……
不安分的帆儿却祈求风暴，
仿佛风暴里有宁静之邦！

岂有行船好似书

[美国] 狄金森 / 桑榆里　译

岂有行船好似书？

载我辈远游。

那骏马又怎堪诗行，

驰骋悠悠。

最困塞的穷人，

打这儿行罢，

免为那通行税黯然烦忧。

这车儿承载着一颗心灵，

它何等素朴哟！

　　狄金森问自己，诗歌是什么？诗歌就像生活，她喜欢清晨醒来后的鸟叫，餐桌上覆盆子味的果酱。诗歌就像生命，她在雨天观看过蚂蚁搬家，在起风时眺望过海鸟在天际滑翔。诗歌就像真实的世界，桌子有高度，书本有厚度。诗歌就像画画，她想起幼年时的涂鸦，她把鳄鱼的嘴巴放在长颈鹿的头上，把马蹄放在猫的脚下。她爱诗歌，爱那个在诗歌中高兴就大笑，难过就低头痛哭的自己。

异乡人

[法国] 波德莱尔 / 佚名　译

"你最爱的是谁，迷一样的人，你说？父亲、母亲、姐妹，还是兄弟？"

"我没有父亲，我没有母亲，我没有姐妹，我没有兄弟。"

"朋友呢？"

"您用了一个词，我至今还不知道它的含义。"

"祖国呢？"

"我不知道它在什么地方。"

"美呢？"

"我倒真的想爱它，它是女神，是不凋之花。"

"金子呢？"

"我恨它，一如您恨上帝。"

"唉！那你爱谁，不寻常的异乡人？"

"我爱云……过往的云……那边……那边……奇妙的云！"

　　波德莱尔，法国象征派诗歌先驱，被尊为现代派诗歌鼻祖。诗人兰波曾称赞他为最初的洞察者，诗人之王，真正的神。他的作品常常深情地凝视着诗人的内心世界。而在那个世界的入口，为参观者挂着一行清晰的探索指南——想象力。

古镇的梦

卞之琳

小镇上有两种声音
一样的寂寥：
白天是算命锣，
夜里是梆子。

敲不破别人的梦，
做着梦似的
瞎子在街上走，
一步又一步。
他知道哪一块石头低，
哪一块石头高，
哪一家姑娘有多大年纪。

敲沉了别人的梦，
做着梦似的
更夫在街上走，

一步又一步。
他知道哪一块石头低，
哪一块石头高，
哪一家门户关得最严密。

"三更了，你听哪，
毛儿的爸爸，
这小子吵得人睡不成觉，
老在梦里哭，
明天替他算算命吧？"

是深夜，
又是清冷的下午：
敲梆的过桥，
敲锣的又过桥，
不断的是桥下流水的声音。

他从奥登那里学习技巧，从日常的琐碎中寻找诗意。中国的现代诗从他这里迈出崔跃的步子。《古镇的梦》是他儿时的记忆，古镇的房屋有中式的屋顶，西式的围栏。古镇只有两种声音，像投进湖里的两颗石子，那声响很轻，涟漪一圈圈荡开。

春光

闻一多

静得像入定了的一般，那天竹，

那天竹上密叶遮不住的珊瑚；

那碧桃；在朝暾里运气的麻雀。

春光从一张张的绿叶上爬过。

蓦地一道阳光晃过我的眼前，

我眼睛里飞出了万支的金箭，

我耳边又谣传着翅膀的摩声，

仿佛有一群天使在空中逻巡……

忽地深巷里迸出了一声清籁：

"可怜可怜我这瞎子，老爷太太！"

    闻一多，新月派代表诗人。他提出诗歌的音节要富有节奏感（音乐美）；诗歌的小节要匀称，句子要齐整（建筑美）；诗歌的辞藻要注意色彩，形象要鲜明（绘画美）。这首富有创新性的诗歌让我们看到了两个不一样的春天，一个是五光十色的春景，一个是瞎子行走的幽暗巷弄。由此，世界展现出了它多层次的样貌。

立论

鲁迅

我梦见自己正在小学校的讲堂上预备作文，向老师请教立论的方法。

"难！"老师从眼镜圈外斜射出眼光来，看着我，说。"我告诉你一件事——

"一家人家生了一个男孩，合家高兴透顶了。满月的时候，抱出来给客人看，——大概自然是想得一点好兆头。

"一个说：'这孩子将来要发财的。'他于是得到一番感谢。

"一个说：'这孩子将来要做官的。'他于是收回几句恭维。

"一个说：'这孩子将来是要死的。'他于是得到一顿大家合力的痛打。

"说要死的必然，说富贵的许谎。但说谎的得好报，说必然的遭打。你……"

"我愿意既不谎人，也不遭打。那么，老师，我得怎么说呢？"

"那么，你得说：'啊呀！这孩子呵！您瞧！多么……。阿唷！哈哈！Hehe！he，hehehehe！'"

　　《立论》选自鲁迅的散文诗集《野草》。《野草》是我国现代散文诗走向成熟的第一个里程碑。鲁迅曾说："我想不到，世界上竟有以哈哈论过生活的人。他的哈哈是赞成，又是否定。似不赞成，也似不否定。让同他讲话的人，如在无人之境。"

诗的定义

[俄国] 帕斯捷尔纳克 / 顾蕴璞　译

这是大悲大喜的狂啸，

这是冰块挤撞的放歌，

这是树叶凝霜的寒宵，

这是两只夜莺的决斗。

这是已经蔫了的甜豌豆，

这是豆荚中宇宙的泪水，

这是费加罗从乐谱架和长笛

下冰雹般把音符撒落在心扉。

这是黑夜在海滨浴场

深深的底部迫切寻求的东西，

这是用颤抖而潮湿的手掌

将星星掬进了养鱼池里。

比水中木板更单调的是闷热。

天穹仿佛已坍塌，像棵赤杨。

星星们不妨相视大笑，

宇宙本是个荒僻的地方。

　　他是夜晚的篝火，即便周围满是饥饿的野兽，他还是自顾自地把火焰伸向星空。他也是灵敏的捕手，用文字网住蝴蝶翅膀上的光亮，告诉你那是瞬间的永恒。他可以变成山、变成树、变成水，变成世间你所熟知的那些，但无论哪一种形态都是艺术的真相。你也可以在他的诗中凝视冰块、豆荚、水中的木板，但轻轻触碰就会震动其背后的千万根丝线，这便是帕斯捷尔纳克的世界，单纯又复杂。

插画作者索引 | INDEX OF ILLUSTRATORS

图书在版编目（CIP）数据

孩子，我们一起读诗 / 乐读编. —杭州:浙江人民出版
社,2017.6
ISBN 978-7-213-08021-0

Ⅰ.①孩… Ⅱ.①乐… Ⅲ.①诗集—世界 Ⅳ.①I112

中国版本图书馆CIP数据核字(2017)第102676号

本书部分文字作品稿酬已委托中国文字著作权协
会转付,敬请相关著作权人联系。电话:010-65978917,
传真:010-65978926,E-mail: wenzhuxie@126.com。

孩子,我们一起读诗

乐读　编

出版发行: 浙江人民出版社(杭州市体育场路347号　邮编　310006)
市场部电话:(0571)85061682　85176516

集团网址: 浙江出版联合集团　http://www.zjcb.com

责任编辑: 郦鸣枫　胡佳佳

责任校对: 陈　春　张志疆

电脑制版: 杭州兴邦电子印务有限公司

印　　刷: 浙江新华印刷技术有限公司

开　　本: 710mm×1000mm　1/16　　**印　张:** 13.5

字　　数: 162千字　　　　　　　　　**插　页:** 4

版　　次: 2017年6月第1版　　　　　**印　次:** 2017年6月第1次印刷

书　　号: ISBN 978-7-213-08021-0

定　　价: 58.00元